Le gardien de la baie N'go

Collection Jeunes du monde

ÉDITIONS DU TRÉCARRÉ

Données de catalogage avant publication (Canada)

Drozd, Irina, 1954-

Le gardien de la baie N'go

(Collection Jeunes du monde: 23)
Pour les jeunes de 11 ans et plus.

ISBN 2-89249-845-7

I. Titre. II. Collection.

PZ23.D76Ga 2000 j843'.914 C00-940262-4

Éditions du Trécarré
7, chemin Bates
Outremont (Québec)
H2V 1A6

Conception de la maquette: *Joanne Ouellet*

Illustrations: *Manon Douesnard*

Mise en pages: *Ateliers de typographie Collette inc.*

Révision linguistique: *Monique Thouin*

Correction d'épreuves: *Lucie Bernard*

Nous reconnaissons l'aide du gouvernement du Canada par l'entremise du Programme d'aide au développement de l'industrie de l'édition (PADIÉ) pour nos activités d'édition et de la Sodec.

ISBN 2-89249-845-7

Dépôt légal 2000
Bibliothèque nationale du Québec

Imprimé au Canada

Éditions du Trécarré
Outremont (Québec) Canada

1 2 3 4 5 04 03 02 01 00

À Cléa de Nouméa
À Yann de Bagadan
À Yasmina de Maré
À tous mes amis du bout du monde, merci de m'avoir accueilli dans votre paradis

VACANCES-SURPRISES

L'orage avait tonné toute la nuit. Le ciel avait déversé tant d'eau qu'on aurait cru que même la mer se noierait. Au matin, de lourds nuages menaçaient encore et les couleurs s'entremêlaient. La plage était devenue une boue noire et l'eau lui ressemblait. Les montagnes qui, blessées par les mines de nickel, d'habitude saignaient leur terre pourpre, unissaient leur grisaille à celle de la végétation et des **creeks*** débordants. Et pourtant, l'homme voulait pêcher. Malgré les pleurs et les supplications de sa femme, il avait tiré le frêle **esquif** qui l'emportait toujours. Son fils aîné l'accompagnait, ne voulant céder

---

* Les mots en gras sont définis dans le volet informatif.

ni à sa peur ni aux larmes de sa mère. Il fallait nourrir la famille. Le pêcheur était un homme fier. Il savait que les autres membres de la tribu avaient offert des **ignames** et le peu de poisson qu'ils avaient en réserve. L'homme avait refusé, devinant que les enfants des autres auraient faim aussi. Et l'orage était en train de se calmer. Ils avaient échappé au cyclone tant redouté, alors il n'y avait plus de danger à s'embarquer. Il avait rappelé d'autres orages, d'autres mers démontées et les pêches miraculeuses quand, le beau temps revenu, les poissons quittaient leurs cachettes profondes pour se jeter dans les filets.

Le fils aîné aida son père comme il le faisait d'habitude.

La pirogue s'élança vers le large en tanguant comme si elle allait verser, suivie des yeux par la femme du pêcheur, les enfants plus jeunes et les membres de la tribu qui avaient tenté de retenir l'homme et son fils.

Les vagues peu à peu se calmèrent et le soleil apparut haut dans le ciel, chassant les nuages sombres, faisant scintiller la mer.

Le pêcheur remercia les esprits de sa bonne fortune et fit un sourire encourageant à son fils. Ils approchaient de leur coin favori, poissonneux à souhait, peuplé de dawas, de tazars, de becs de cane.

La première fois qu'ils lancèrent le filet, rien.

Ils attendirent un peu, pensant que les poissons se réfugiaient encore derrière **les patates de corail**, n'accordant pas encore leur confiance au ciel qui s'éclaircissait.

Ils posèrent de nouveau la **senne**, et là... ils surent qu'ils avaient fait une grosse prise. D'énormes dawas peuplaient habituellement le coin.

Lorsqu'ils tirèrent le filet à eux, il résista. Ils se regardèrent, heureux de cette bonne aubaine.

Leur joie fut de courte durée. Le fils s'agrippait au filet qui s'enfonçait dans l'eau malgré leurs efforts, et comme il était au bord de la barque, il bascula, s'arrachant un peu de peau contre le bois, ce qui fit saigner sa main. Son père ne put le retenir. Il se précipita vers l'eau troublée et vit son fils qui remontait en nageant. Il vit aussi ce qui était prisonnier de la senne et s'était libéré.

C'était un énorme requin.

Le pêcheur prit aussitôt sa **sagaie**, tentant de tuer le squale, mais il ne put viser juste à cause des remous, de la vase et de l'écume provoqués par les efforts désespérés de son fils pour échapper au requin.

Le garçon émergea de l'eau et tendit la main vers son père. Il savait qu'il n'avait aucune chance d'échapper au squale. S'il n'avait pas été blessé en tombant de la barque, il aurait pu rester immobile jusqu'à ce que le monstre, le croyant mort, s'éloignât. Il n'avait d'autre recours que de s'en remettre aux esprits, mais il était trop tard.

Le père saisit la main rougie de son garçon, s'y cramponna et la sentit lui échapper.

Le requin avait pris son fils aîné.

L'eau tourbillonna dans les profondeurs et le père se mit à crier son désespoir, maudissant les esprits qui n'avaient pas protégé son enfant.

Les dieux, **magnanimes**, ne l'accablèrent pas en lui rappelant que son obstination à aller pêcher malgré l'avis de tous était la cause de la mort de son fils. Ils accordèrent au garçon, qui au dernier moment, s'était tourné vers eux, le

privilège de revenir sous la forme d'un gros chien pour empêcher les imprudents de se baigner ou d'aller à la pêche quand les requins rôdent dans la baie N'go.

Cléa poussa un gros soupir et mâchonna son crayon, espérant trouver, grâce au théorème appris en classe, la solution à son problème.

Elle tourna la tête vers la porte d'entrée qui claquait joyeusement.

– Dites, les femmes, ça vous plairait de partir une dizaine de jours au bout du monde?

Cléa laissa aussitôt son détestable devoir de maths pour considérer son père avec une attention aussi surprise que celle de sa mère. Il ne parlait jamais aussi sérieusement que lorsqu'il les appelait «les femmes», ce qui remplissait de fierté les onze ans de Cléa.

– Mais encore? demanda Nicole d'un air circonspect.

Pierre sourit et se rapprocha de sa fille et de sa femme attablées: Cléa devant

ses devoirs et Nicole devant ses copies à corriger. Il se pencha vers elles tout en se donnant une mine de conspirateur.

– Vous êtes bien en vacances la semaine prochaine, n'est-ce pas?

– Ce n'est pas nouveau, ça, p'pa! s'impatienta Cléa, ses yeux bruns s'assombrissant en brume noire.

– Qu'est-ce que c'est, ton histoire du bout du monde? insista Nicole, qui devinait la curiosité de sa fille, tout aussi grande que la sienne.

Pierre Legendre s'assit entre elles et fourragea dans son cartable de cuir, reçu au dernier Noël et qui contenait d'habitude dossiers et projets. Il était cadre supérieur aux télécoms et installait de nouveaux programmes informatiques. Il en sortit trois billets d'avion que Nicole et Cléa examinèrent avec excitation.

La destination était Nouméa, en Nouvelle-Calédonie.

– Comment? murmura Nicole alors que Cléa sautait au cou de son père et l'étouffait de baisers.

Pierre écarta avec douceur sa fille pour répondre.

– Eh bien, tu sais, je dois aider Claude à installer mon nouveau programme. Alors, j'ai transformé mon billet première classe en trois billets touristes, en rajoutant un peu, et nous embarquons jeudi en quinze.

Nicole le remercia d'un éblouissant sourire. Leurs finances étaient bonnes, certes, mais pas au point de leur permettre de dépenser une petite fortune pour les dix jours de vacances de la **Toussaint**.

– On logera chez Claude. Il m'a dit qu'il avait une grande maison. Tout est arrangé, je l'ai déjà appelé.

Claude Kouala était le superinformaticien des télécoms à Nouméa et travaillait avec Pierre sur le programme. Pierre Legendre l'avait rencontré à Paris au cours d'un stage. Les deux hommes avaient beaucoup sympathisé et le Calédonien avait souvent été invité à dîner chez les Legendre.

La fillette se blottit contre son père.

– Alors, je vais connaître Yann et Yasmina!

Claude avait beaucoup parlé de son fils et de sa fille lorsqu'il était venu chez les Legendre au cours de son séjour à Paris. Cléa espérait qu'ils étaient aussi gentils qu'il le disait.

– Je suis certain qu'ils te plairont, murmura Pierre.

Même si sa fille avait été élue déléguée de classe, elle était au fond d'une grande timidité qu'elle masquait par des fanfaronnades souvent provocatrices. Pour la plupart de ceux qui la côtoyaient, elle était Cléa l'intrépide à qui rien ne faisait peur, toujours prête à défendre les plus faibles que les grands embêtaient dans la cour de récréation et friande de défis. Rares étaient ceux qui savaient qu'elle devait fournir un effort pour aller vers les autres. Bien sûr, une fois le premier pas accompli, Cléa se livrait tout entière et était une amie fidèle.

Cléa contempla le calendrier au-dessus du bureau de sa chambre et raya soigneusement la date du jour qui venait de s'écouler. Ils partaient le lendemain et sa valise était déjà prête. Elle ne put s'empêcher de l'ouvrir pour vérifier qu'elle n'avait pas oublié son maillot de bain. Cléa se dit qu'elle n'arriverait jamais à dormir de la nuit et que la journée d'école du lendemain serait la plus longue de sa vie.

Elle espéra qu'elle serait à la hauteur quand elle rencontrerait Yann et Yasmina.

Yasmina examina le calendrier avec avidité.

– Alors, ils arrivent samedi?

– Oui, je vais les chercher à Tontouta à sept heures du matin. Et puis, s'ils ne sont pas trop épuisés, on partira pour le Sud.

Yann éclata de rire.

– Eh bien! ça ne fait que dix fois que tu poses cette question aujourd'hui! Heureusement que samedi ce n'est qu'après-demain!

Yasmina lui lança un regard agacé. Elle adorait ce frère de deux ans plus âgé qu'elle, mais il avait tendance à la traiter en gamine du haut de ses treize ans.

Mariam devina l'orage qui couvait et préféra détourner la conversation:

– C'est vraiment une bonne idée de la part de Pierre de profiter des vacances et d'emmener sa famille avec lui.

– Toi, tu ne l'as pas fait! reprocha Yasmina.

Claude soupira.

– Vous n'étiez pas en vacances quand je suis allé à Paris, rappela-t-il.

– M. Legendre, il laisse bien partir Cléa un jour plus tôt pour prendre l'avion, contre-attaqua Yann.

Son père leva les mains en signe de reddition.

– Pitié! La prochaine fois, vous venez avec moi, promis. J'essaierai de choisir la date... Hé! c'est l'heure d'aller au lit, jeunes gens.

– Tu as fini de ranger ta chambre, Yasmina? s'enquit Mariam.

Sa fille hocha vigoureusement la tête. Cléa devrait dormir avec elle, que ce soit à Nouméa ou dans le Sud où ils comptaient séjourner les week-ends. Yasmina espérait que Cléa serait aussi sympathique que son père la décrivait.

Parce que même si Yann et elle seraient au collège les jours de semaine, ils finissaient tôt et auraient beaucoup de temps à passer avec elle. Ce serait la première fois que Yasmina partagerait sa chambre avec une inconnue. Elle était déjà partie en colonie de vacances et avait partagé un dortoir avec d'autres filles, mais ce n'était pas la même chose. Ici ou dans le Sud, c'était son territoire et, malgré ce qu'avait dit son père de Cléa et de sa gentillesse, Yasmina ne pouvait s'empêcher d'être un peu inquiète.

Mariam ébouriffa tendrement les cheveux déjà emmêlés de sa fille. Elle devinait son inquiétude sans la partager, car son mari savait juger les gens et surtout les enfants.

– Tu verras, tout ira bien, assura-t-elle.

– Et si c'est une punaise, on la **matera**, chuchota Yann à l'oreille de sa sœur.

Yasmina lui sourit d'un air confiant. Pour cela, Yann était le meilleur des frères.

– C'est ça, et si elle est vraiment trop pénible, vous la jetterez aux requins, ironisa Claude, qui avait entendu la réflexion de son fils.

Yann secoua la tête.

– Quand même pas! On la préviendra qu'elle ne doit pas nager trop loin... Faut pas donner n'importe quoi à nos trappards, fit-il d'un ton sérieux, avant de disparaître dans la salle de bains.

Claude et Mariam échangèrent un regard amusé.

Nul doute que Yann s'empresserait de raconter la légende du gardien de la baie à Cléa pour le plaisir de l'effrayer un bon coup. Il n'y parvenait plus avec Yasmina, elle la connaissait trop bien.

Leur père avait bercé leur enfance avec ce conte.

LA LÉGENDE DU SUD

Cléa avait l'impression de ne pas encore s'être réveillée. Ils avaient quitté Paris sous la pluie et, de Tokyo, elle n'avait vu qu'une salle de transit et les lumières de l'aéroport dans la nuit. Finalement, c'était comme si elle avait dormi pendant tout le voyage. Une très longue nuit et voilà tout. Elle ne se souvenait même pas des films programmés. Sa mère l'avait pourtant assurée qu'elle les avait regardés avant de s'endormir. Peu importaient ces films qu'elle avait déjà oubliés, seuls émergeaient les souvenirs de l'atterrissage. La traversée d'un ciel encore plus bleu que sur les plus belles cartes postales et la plongée vers une grande île aux couleurs de rêve. Son père lui avait montré à travers le hublot Lifou et Ouvéa, au magnifique lagon, qui grossissaient et disparaissaient au fur et à mesure que l'avion s'enfonçait vers la terre verte et rouge.

Il y avait eu la chaleur humide à la sortie de l'avion, comme si elle avait été dans sa salle de bains après avoir pris une longue douche bien chaude. Mais il n'y avait pas tout ce soleil dans sa salle de bains à Paris.

Les bagages à récupérer, la douane à passer, tout s'était déroulé dans un confortable flottement. À présent, calée contre sa mère dans le pick-up de Claude Kouala, Cléa contemplait les **niaoulis**, les **flamboyants** et les arbres à litchies qui bordaient la route entre l'aéroport de Tontouta et Nouméa, se détachant dans le ciel d'un bleu presque trop pur.

– Si vous n'êtes pas épuisés, on file vers le Sud après un bon petit-déjeuner et une douche ou un bain si vous voulez vous rafraîchir, proposa Claude.

– Euh... c'est quoi, le Sud? demanda Pierre.

Un endroit magique! J'y ai une maison, elle est à deux minutes à pied de la plage. Mais on peut rester à Nouméa si vous préférez.

– On aura la semaine pour visiter Nouméa et se bronzer sur ses plages... C'est très gentil de nous inviter dans le Sud, fit Nicole.

– Parfait! Les gosses seront ravis! Ils adorent aller là-bas. Je suis certain que ça te plaira aussi, Cléa.

– Oh! Oui, bien sûr! affirma la fillette.

Une plage à deux minutes, c'était quelque chose! Et si elle ne s'entendait pas avec Yann et Yasmina, elle pourrait s'isoler en nageant le plus loin possible. Elle l'avait déjà fait en colonie de vacances quand elle s'était retrouvée dans un groupe peu sympathique. Personne ne nageait aussi bien qu'elle.

Mais bien sûr, elle préférerait s'entendre avec les enfants de Claude.

Des yeux curieux épièrent l'arrivée de la famille Legendre. Yann et Yasmina virent une fillette aux boucles châtaines avec des reflets de miel et aux yeux bruns, vêtue de jeans et d'un tee-shirt bleu sauter du pick-up paternel et regarder la grande maison d'un air un peu inquiet. Ses parents sortirent en même temps que Claude. Un homme brun au visage souriant et une jeune femme aux cheveux couleur de soleil, habillés de façon aussi décontractée et confortable que leur fille.

Cléa aperçut les enfants Kouala à demi masqués par leur mère, une ravissante Noire aux rondeurs rassurantes. Le garçon, un peu plus âgé qu'elle, s'avança, imité par sa sœur. Cléa devina qu'ils étaient aussi intimidés qu'elle et affronta les grands yeux sombres braqués sur elle.

À leur réciproque soulagement, les appréhensions mutuelles des enfants tombèrent dès les premières minutes. Une fois qu'ils eurent échangé de solennelles poignées de main, n'osant pas s'embrasser, Yasmina et Yann avaient montré leurs chambres à Cléa. La petite Parisienne avait avoué sa passion pour le Marsupilami, que Yasmina possédait aussi en de multiples exemplaires, et les deux fillettes s'étaient mises à bavarder comme si elles se connaissaient depuis toujours. Yann les couvait de l'œil protecteur du grand frère.

Après une douche délassante à souhait et un solide petit-déjeuner, les invités s'étaient sentis en forme pour l'aventure du Sud. Le pick-up vert avait alors pris la route du mont Dore.

De nouveau, Cléa n'avait eu d'yeux et de curiosité que pour le paysage qui défilait devant ses yeux. Le pick-up s'était enfoncé dans les pistes de terre rouge, entourées de montagnes verdoyantes, bordant des rivières profondes et sinueuses aux couleurs chatoyantes. Yann et Yasmina la laissaient admirer le spectacle, répondant à toutes ses questions, quand ils le pouvaient, sur la faune et la flore.

Les yeux tournés vers le large, Cléa ne parvenait pas à se rassasier du spectacle enchanteur. La baie N'Go était pour l'instant sa nouvelle version du paradis. Sous un ciel d'un bleu pur, des montagnes à la végétation touffue, striées de plaies rouges à cause des mines de nickel à ciel ouvert, encadraient une petite plage au sable presque **lie-de-vin**. Elle était bordée d'arbres et de buissons, d'un vert intense aux noms mystérieux, qui l'isolaient de la maison des Kouala. Même les vagues dansantes avaient des reflets rouges et scintillaient sous le soleil.

Après avoir posé les sacs de voyage, les enfants avaient enfilé leurs maillots de bain et s'étaient éclipsés vers la plage, laissant les adultes savourer une fraîche Number One, la «top» des bières en Nouvelle-Calédonie.

Yann et Yasmina avaient assuré Cléa qu'elle pouvait venir se baigner quand elle le voulait. Eux-mêmes avaient l'habitude de prendre un bain matinal avant le petit-déjeuner.

Yann montra brusquement un nuage qui ternissait la pureté du ciel.

– La météo a annoncé de la pluie. Pourvu que ça ne soit pas un cyclone... Enfin, ce n'est pas trop la saison, heureusement...

– J'adorerais assister à un cyclone. Ça doit être terrifiant! s'exclama Cléa.

Yann et Yasmina la regardèrent gravement.

– Je ne crois pas que tu aimerais vraiment... C'est horrible, fit Yasmina d'une voix douce.

Cléa rougit.

– Excusez-moi. C'était idiot de dire ça... Vous en avez vu un?

Les enfants secouèrent la tête.

– Non... On est arrivé après. La maison était dévastée et... il paraît qu'il y a des requins quand la mer est trop remuée au large.

Cléa imagina la belle et spacieuse maison en miettes.

– Oh! Tout a été reconstruit alors... Euh... Des requins? Des vrais?

Yann sourit.

– Oui, des vrais. Quand il y a des cyclones ou des orages violents, ils se perdent près d'ici et cherchent de la nourriture. De toute façon, ils ne s'approchent pas vraiment du rivage, même s'ils peuvent nager dans cinquante centimètres d'eau. Et puis, c'est le sang qui les attire... Il paraît que si on se trouve nez à nez avec un squale, il faut rester immobile. Alors, il croit qu'on est mort et il part. C'est arrivé à un ami de papa, il faisait de la plongée et a rencontré un trappard. Euh, c'est un, euh mot, pour requin, précisa Yann alors que Cléa écarquillait les yeux. Il n'a pas bougé d'un poil, et l'a laissé tourner autour de lui. Mais quand le requin est parti, le copain est remonté fin rapide sur sa barque... N'empêche, ici les squales n'entrent pas dans la baie. Quand il fait mauvais temps, les pêcheurs attendent un peu que ça se calme avant de partir en mer... Et puis, le chien les protège. Ce doit être lui qui empêche les requins de s'enfoncer dans la baie.

– Quel chien?

Le sourire de Yann s'élargit et Cléa le trouva très beau avec sa peau d'ébène et ses cheveux noirs, bien plus beau que le Yann pâlichon et blondinet de sa classe qu'elle avait laissé à Paris.

– Le chien de la baie N'go... Avant d'être un énorme chien, on raconte que c'était un garçon, le fils d'un pêcheur. Après un orage terrible, le pêcheur a voulu partir à la pêche avec son fils aîné malgré les pleurs de sa femme. Ils ont pris son petit bateau. La mer était encore démontée et les vagues très hautes. Quand ils sont arrivés près de l'endroit qu'ils savaient très poissonneux, ils ont lancé leur filet. Ils n'ont rien ramené d'abord et ont lancé encore le filet, et là...

Les yeux de Yann brillèrent en rencontrant ceux de Cléa.

Il évita le regard narquois de Yasmina.

– Et là... continua le garçon d'un ton dramatique, la senne, enfin le filet, s'est mise à bouger.

Même si elle la connaissait par cœur, Yasmina adorait cette histoire.

Elle s'assit près de Cléa et écouta son frère.

De toute façon, elle était persuadée que Yann mettrait le paquet pour effrayer Cléa. Ce en quoi elle ne se trompait guère. Yann reprit le récit du début, faisant durer le suspens, insistant sur les craintes du fils du pêcheur, l'orage qui n'était pas tout à fait calmé, les hautes vagues.

– Alors les esprits lui ont accordé de revenir sous la forme d'un gros chien pour empêcher les imprudents de se baigner ou de pêcher quand les requins sont de sortie, termina Yann d'une voix sourde.

Cléa éclata de rire, **au grand dam** de Yann qui en avait rajouté dans le genre conte d'horreur, décrivant l'eau bouillonnante de sang, les dents acérées du requin, la terreur du jeune pêcheur et le désespoir de son père. D'habitude, les filles étaient impressionnées. Plus Yasmina, bien sûr, parce qu'elle connaissait la légende aussi bien que lui, mais les autres au collège lui faisaient l'honneur de paraître terrifiées.

Cléa ne prenait même pas la peine de faire semblant.

– C'est normal qu'on n'ait pas retrouvé son corps si le requin l'a **boulotté**... C'est une très chouette histoire... vraiment marrante. J'adore les fantômes et je regarde un tas de films d'horreur! Euh... elle est aussi très belle, se reprit Cléa en remarquant soudain l'air furieux de Yann.

Elle se dit qu'elle avait gaffé. Comme toujours, elle en avait fait trop dans le genre «peur de rien» et il aurait été inutile de prendre maintenant un air apeuré.

Et puis, elle n'en avait aucune envie. Les esprits de toutes sortes ne lui faisaient pas peur. Elle n'y croyait pas, tout simplement.

– En tout cas, il vaut mieux éviter le large après un orage, conclut Yasmina, soucieuse de faire dévier la conversation. C'est vrai que les requins ne s'avancent pas jusqu'ici.

Cléa montra l'eau du menton.

– De toute façon, on a pied longtemps. Peut-être qu'ils préfèrent la haute mer, les requins du Sud... Quoique, si on part de là-bas, ce doit être profond.

Yasmina et Yann contemplèrent l'avancée rocheuse qui délimitait la baie.

– Oui, maman plonge souvent de là, mais c'est une très bonne nageuse, et très prudente, dit Yann.

– Moi aussi! affirma Cléa.

– N'empêche, je te conseille de ne pas l'imiter si tu te baignes seule, fit Yann d'un ton cassant.

– Hé, je nage bien, je te jure! Joue pas les protecteurs, d'acc? répliqua Cléa, agacée à son tour par les conseils du garçon.

Même si elle regrettait parfois de ne pas avoir de frère ou de sœur, elle avait pris l'habitude de se débrouiller toute seule et ses parents lui faisaient confiance.

Ce n'était pas un mec qu'elle connaissait depuis quelques heures à peine qui allait lui donner des leçons, surtout question natation, alors que même les garçons de sa classe ne parvenaient pas à la suivre en crawl ou en brasse coulée.

Ou qui allait l'effrayer en lui racontant des histoires de fantômes.

– Je te parie que j'arrive au rocher avant toi! défia Cléa.

Elle lui adressa un sourire éblouissant et s'élança vers la mer.

– Tenu! répliqua Yann.

Ce n'était quand même pas une fille qui allait le vaincre. Il n'était peut-être pas un champion, mais il nageait tous les jours ou presque. Yann fit un clin d'œil à Yasmina et ils plongèrent à leur tour dans l'eau tiède alors que le ciel s'assombrissait lentement.

– Gagné! claironna victorieusement Cléa en s'agrippant au rocher de corail, juste comme Yann arrivait à côté d'elle.

La main d'ébène se posa près de la sienne.

– Lôngin! J'y crois pas! s'exclama Yann, un peu dépité.

Cléa éclata de rire.

– Je t'avais dit que je nage super bien! Euh... C'est quoi: «lôngin»?

Yasmina s'accrocha au rocher à son tour, un peu essoufflée. Elle avait dû fournir un gros effort pour ne pas se laisser distancer.

– C'est... On dit ça ici, un peu comme vous dites: «Zut» ou: «La vache», ou même un peu plus... comme... euh...

– Ou «merde»? compléta Cléa.

Yann eut un petit rire.

– C'est un peu ça... en pire, admit-il.

– On retourne! proposa la fillette. Je parie que je gagne encore!

Elle n'attendit même pas sa réponse et s'éloigna d'un crawl soutenu.

Yasmina soupira et regarda son frère qui plongeait à la suite de leur nouvelle amie. Libre à eux de s'épuiser à la course, elle se contenterait de les rejoindre d'une brasse tranquille.

Cette fois encore, Cléa gagna d'une courte tête.

Si le garçon admirait sa prouesse, il ne pouvait s'empêcher d'en être vexé. Il était plus âgé qu'elle, se croyait plus entraîné et n'oubliait pas qu'elle n'avait pas été effrayée par son conte.

Cléa remarqua son air **taciturne** et sourit alors qu'ils prenaient leurs serviettes de bain.

– T'es fâché?

Yann haussa les épaules et commença à s'essuyer.

– Mais non! Qu'est-ce que tu crois?

– Oh! si! Tu es vexé! Je suis sûre que tu n'imaginais pas qu'une fille puisse nager mieux que toi. Surtout une Parisienne qui n'a pas la mer à côté et qui en plus ne croit pas aux fantômes... Désolée, je ne suis pas une espèce à protéger, fit Cléa d'un ton moqueur. Au fond, vous êtes tous les mêmes, les mecs! T'es qu'un Black macho comme les autres!

Le visage de Yann se figea.

– Et toi, t'es vraiment nulle, lança-t-il d'une voix mauvaise.

Il se détourna de Cléa et se hâta vers la maison, laissant la fillette sidérée sur la plage.

Elle s'affala sur le sable rouge alors que Yasmina la rejoignait enfin.

– Qu'est-ce qu'il a? demanda-t-elle en désignant son frère du menton.

Cléa baissa la tête.

– Je... lui ai dit qu'il n'était qu'un Black macho, souffla-t-elle.

Yasmina tressaillit.

– C'est pas malin, murmura-t-elle en se détournant.

La petite Parisienne la saisit par le poignet, la forçant à lui faire face.

– Je suis désolée!

Yasmina tenta de se dégager de l'étreinte de Cléa.

– Je te croyais pas comme ça...

Ses yeux se remplirent de larmes. Elle qui pensait que Cléa pourrait remplacer cette punaise de Lucie dans le cœur de Yann, elle s'était bien trompée.

Elle ne serait pas son amie et elle devrait la supporter presque dix jours.

– Je t'en prie, écoute-moi, insista Cléa, étreignant le poignet de Yasmina encore plus fort.

– Pas la peine, si c'est des trucs de ce genre que...

– Non! Non! J'ai des copains de toutes les couleurs à Paris, je te jure! Et... on se lance des **vannes**, tu comprends? On débloque entre nous. Ça n'a pas d'importance parce qu'on s'aime bien. Mon meilleur ami est d'origine italienne et je lui dis toujours qu'il est le Rital de mon cœur et... Merde! Va rejoindre Yann si tu ne me crois pas!

Elle s'essuya rageusement en silence sous le regard pensif de la petite Calédonienne.

– Dans le genre gaffeuse, t'es bonne, dit enfin Yasmina.

Le visage de Cléa s'éclaira.

– Vrai? Tu me crois?

Yasmina lui sourit.

– Eh bien... je crois que ça nous arrive aussi de dire n'importe quoi, entre nous... Même Yann et moi... Ce salaud me traite de dégénérée quand je lui demande de m'aider en maths... Je suppose que quelqu'un qui nous entendrait pourrait penser qu'il est sérieux. Remarque, moi, je l'appelle bien le taré parce qu'il est mauvais en orthographe.

– J'étais pas sérieuse quand j'ai dit à Yann... enfin, ce que j'ai dit.

– Bon, **ne te prends pas la tête avec ça**. Il est vexé parce que tu n'as pas eu peur à cause du requin. Et en plus, tu l'as battu à la nage... C'est beaucoup pour un seul jour. Tu as raison finalement, il est du genre macho.

Cléa sourit à son tour.

– Je te promets de crier de frayeur à la prochaine histoire, mais pas de me laisser battre... Je... Tu penses qu'il me croira, lui?

– C'est peut-être un taré, mais pas un imbécile...

Rassurée, Cléa aida son amie à se sécher, se promettant de s'expliquer avec Yann au plus tôt.

LA BLESSURE

Cléa ne put concrétiser ses bonnes résolutions comme elle le désirait. À leur retour à la maison des Kouala, elle et son amie apprirent que Yann était parti avec son père pour des courses de dernière minute. Par la suite, tout au long de la journée, pendant le pique-nique ou la balade en montagne, Cléa n'eut guère l'occasion de se trouver seule avec lui. Yann l'évitait soigneusement, se montrant d'une politesse distante qui la glaçait. Le garçon semblait même furieux contre sa sœur qui traitait amicalement la petite Parisienne. Cependant, comme il estimait que ce n'était pas une affaire d'adultes, il se maîtrisait suffisamment pour que les parents ne remarquent rien.

Au moment du repas, Yann s'installa soigneusement loin de Cléa.

Les prévisions pessimistes de la météo se réalisèrent. Même si dans la journée, malgré quelques gros nuages, la chaleur et le beau temps se maintinrent, peu après le rapide crépuscule, l'orage se déchaîna.

Il y eut un violent coup de tonnerre et le crépitement assourdissant de la pluie sur le toit empêcha pendant quelques secondes toute conversation.

– Ne vous inquiétez pas, ça ne dure jamais, rassura Claude.

– Au moins, on ne risque pas une tempête de neige, plaisanta Pierre.

Puis les bavardages reprirent comme un défi au mauvais temps.

– Oh! p'pa, raconte-nous une légende, s'il te plaît, fit brusquement Yasmina comme la conversation languissait un peu.

– Celle du chien? demanda Claude.

– Non, celle-là Yann l'a déjà racontée à Cléa...

– Ouais! Elle est supermarrante. On se croirait dans *Les dents de la mer*, intervint Cléa.

Elle fronça le nez, comme chaque fois qu'elle se sentait coupable... Elle n'en ferait jamais d'autres!

L'atmosphère s'était détendue pendant le repas délicieux mitonné par Claude qui adorait faire la cuisine, alors elle s'était mise à espérer que Yann avait compris et pardonné sa maladresse.

Le garçon lui lança un regard noir. Il avait commencé à admettre qu'au fond Cléa n'était pas antipathique et qu'il n'aurait pas dû partir sans lui laisser une chance de s'expliquer sur ses paroles.

Et voilà qu'elle remettait ça avec le gardien de la baie!

Son père retint un sourire. Visiblement, Cléa n'avait pas été impressionnée et Yann en était encore vexé.

Claude se dit que son fils devait avoir eu un coup de cœur pour Cléa.

D'habitude, il ne se conduisait pas aussi stupidement. Si les filles ne frissonnaient pas à ses contes terrifiants, il les traitait simplement de gourdes et ne leur en voulait pas.

L'intrépide Cléa, qui voulait être vétérinaire pour soigner les cobras et autres bestioles dangereuses, devait le changer des amies un peu timides de Yasmina ou même des filles de sa classe.

– Celle du rat et du poulpe, s'il te plaît, papa, proposa Yasmina.

– Eh bien, il y a très très longtemps... commença Claude.

La soirée passa à se raconter les légendes dont ils se souvenaient. Yasmina et Yann adorèrent celle du pain et du sel narrée par Nicole, qui avait presque autant de talent que leur père comme conteuse.

– Il ne faudrait peut-être pas tarder à nous coucher, suggéra Mariam alors que Cléa dodelinait de la tête.

Nicole acquiesça d'un signe. Même si elle ne ressentait guère les effets de la fatigue du voyage, elle voyait que sa fille luttait contre le sommeil. Elle savait aussi que son entêtée de Cléa n'aurait pas admis sa faiblesse et aurait refusé d'aller au lit si on avait osé évoquer sa fatigue.

Yasmina et Yann commencèrent à débarrasser la table.

– Je vous aide, proposa aussitôt Cléa, autant par gentillesse que pour ne pas se laisser envahir par le sommeil.

Aussi pour avoir une chance de parler avec Yann.

Elle suivit le frère et la sœur dans la cuisine quand ils eurent fini de débarrasser la table.

Yasmina trempa la vaisselle.

– Tu peux essuyer si tu veux. Yann rangera.

Cléa hocha la tête.

– Tu vois, ici, même les machos font la vaisselle. Surtout les Noirs, fit Yann en lui tendant un torchon.

– Je ne voulais pas... commença Cléa d'une petite voix.

– Quoi? Me traiter de nègre?

– Débranche, Yann! coupa Yasmina d'un ton sec.

L'attitude de son frère avait fini par l'agacer. Elle estimait qu'il en faisait un peu trop. Cléa avait gaffé, d'accord, mais enfin ce n'était pas une raison pour l'empêcher de présenter ses excuses.

– T'as pas encaissé que je nage mieux que toi, c'est tout! Tu es jaloux, mon pauvre. C'est minable! lança Cléa.

Yann lui arracha des mains la casserole qu'elle venait d'essuyer et la rangea bruyamment, lui tournant le dos.

Il devinait obscurément qu'elle n'avait pas tort, mais ne se résolvait pas à le reconnaître. Alors, il s'obstina dans un silence agressif que ni Yasmina ni Cléa ne tentèrent de rompre.

Les parents savouraient tranquillement une dernière citronnelle dans le salon, bavardant encore, ignorant tout de l'atmosphère tendue entre leurs enfants.

Cléa empoigna avec nervosité le dernier couteau, soulagée d'en avoir bientôt fini avec l'hostilité de Yann. Elle poussa soudain un cri de douleur masqué par un coup de tonnerre.

Oubliant sa rancœur, Yann enserra la petite main blanche souillée de sang dans la sienne.

– C'est rien, balbutia Cléa, posant le couteau et tentant de se dégager de l'étreinte de Yann.

Le garçon passa la main entaillée sous l'eau. Siffla entre ses dents.

– Tu ne t'es pas loupée... Awa dis pas! ça saigne!

Puis il entoura la main ensanglantée d'un torchon propre.

– Maman va te mettre un pansement.

– Je vais l'avertir, fit Yasmina en détalant vers le salon.

La vue du sang l'effrayait et elle craignait que sa nouvelle amie ne fût gravement blessée.

– C'est parce que tu es trop fatiguée... Tu aurais dû aller dormir. On n'aurait pas dû accepter que tu nous aides, fit Yann, impressionné par la blessure, se sentant un peu coupable.

S'il n'avait pas été aussi intransigeant, peut-être que Cléa n'aurait pas été si maladroite.

– Hé! Lâche-moi, je sais ce que je peux faire. Je ne suis pas mourante. Pas la peine de faire semblant de t'inquiéter, rétorqua vivement Cléa.

La blessure était douloureuse et la sollicitude de Yann l'humiliait.

– Tu... Ça fait très mal? s'inquiéta le garçon d'une voix plus douce.

Cléa secoua la tête et détourna les yeux du torchon souillé de rouge.

– Ma puce! s'écria Nicole en déboulant dans la cuisine, suivie des autres.

Mariam et elle examinèrent l'entaille.

– Faudrait peut-être l'emmener à l'hôpital à Nouméa, proposa Claude.

– Non! cria Cléa. Je vous jure que c'est rien.

– La coupure n'est pas si profonde et j'ai des pansements, fit Mariam.

Nicole hocha la tête. Elle avait bien inspecté la paume de sa fille. Même s'il y avait beaucoup de sang, Mariam avait raison, la blessure était superficielle. Un solide pansement devrait arranger tout cela.

– Je vais désinfecter et on verra ce que ça donne, fit Nicole.

– J'ai tout ce qu'il faut, venez.

Nicole et sa fille suivirent Mariam dans la salle de bains.

Claude nettoya rapidement les traces de sang et envoya ses enfants se coucher.

– P'pa, attends. Si c'est grave, on ira à l'hôpital avec Cléa, fit Yasmina, craignant encore que la blessure ne fût grave malgré les paroles de sa mère.

Sans trop le montrer, Yann partageait ses inquiétudes, revenu complètement sur son opinion sur Cléa.

Après tout, il traitait régulièrement sa sœur de débile profonde quand elle ne comprenait pas un exercice de maths et ça ne les empêchait pas de s'aimer.

Cléa revint juste à ce moment, la main gauche recouverte d'une bande blanche.

– Tout va bien, rassura Nicole, captant le regard inquiet de Pierre.

La fillette, un peu gênée d'être le centre d'attention de tous, baissait les yeux et, malgré lui, Yann admira la longueur de ses cils.

Même si Cléa avait un sale caractère, elle avait du cran. Elle ne s'était pas mise à pleurnicher comme un bébé en voyant son sang couler.

– Tu es sûre que ça va? s'enquit-il.

– Mais oui! Je ne suis pas en sucre! répliqua Cléa.

Elle avait honte de sa maladresse et très mal, mais elle n'avait aucune intention de le montrer.

– Eh bien, tant mieux! fit le garçon d'un ton vexé, toute tentation de repentir envolée. Bonne nuit.

Il embrassa rapidement Yasmina sur la joue et se dirigea vers sa chambre.

Désemparée, Cléa fronça le nez, se retenant de pleurer.

Yasmina la prit par les épaules.

– Viens, on va dormir... Il a un fichu caractère et toi aussi, alors je suppose que vous allez bien vous entendre... demain matin.

Les Kouala éclatèrent de rire.

– Voilà qu'on a une psychologue dans la famille. Bon, au dodo les filles, fit Mariam.

– Je crois qu'on va tous dormir à présent. Il est tard et l'orage commence à se calmer, ajouta Pierre. Bonne nuit à tous.

Avant de se coucher, Cléa regarda la pluie qui tambourinait contre les vitres, dérobant la nuit à ses yeux perçants.

– T'inquiète pas, demain il fera beau, j'en suis sûre, déclara Yasmina. Cléa lui sourit en se glissant dans son lit.

– Super! On pourra se baigner encore... Euh... tu crois que Yann sera capable de me pardonner?

– Arrête avec ça... Demain, il aura tout oublié.

– Tant mieux... parce que... il est gentil. Après tout, c'est ma faute si je me suis coupée.

– Un peu la sienne aussi, et il le sait. S'il n'avait pas fait la gueule, tu n'aurais pas été aussi brusque.

– Oh! non, ça aurait pu m'arriver quand même.

– Ben voyons!

– N'empêche, faudra que j'arrive à lui dire que votre légende est belle et qu'il la raconte très bien...

– Je suis sûre que ça lui fera plaisir.

– J'espère...

Cléa n'osa pas ajouter qu'elle ne supporterait pas l'hostilité de Yann si elle devait durer tout au long de son séjour. Elle ne se sentait pas de force à l'ignorer.

– Bonne nuit, souffla-t-elle simplement.

La fillette avait à peine posé la tête sur l'oreiller qu'elle s'endormit.

Yasmina contempla avec affection sa nouvelle amie, puis éteignit la lumière.

LE CHIEN

Un rayon de soleil réveilla Cléa. Elle regarda sa montre. Six heures. Ce n'était pas possible. Et pourtant, Yasmina dormait à poings fermés.

Cléa se leva sans faire de bruit pour ne pas réveiller son amie et s'approcha de la fenêtre. Un ciel d'un bleu pur, un soleil à l'éclat radieux l'invitaient au-dehors.

Sans faire de bruit, pour ne pas réveiller Yasmina, Cléa passa dans la salle de bains et défit son bandage, constatant avec satisfaction que la blessure ne saignait plus. Elle ôta le pansement en le mouillant par précaution et le remplaça par une large bande d'Urgo, se disant que cela suffirait amplement.

Puis elle enfila son maillot de bain et sortit.

La porte n'était pas fermée. Claude avait affirmé qu'il n'y avait pas de voleurs dans le coin.

Sur le seuil, Cléa s'arrêta pour humer l'air marin. Elle avait vraiment très envie de se baigner. Seule.

Elle n'en avait jamais eu l'occasion jusqu'à présent, mais cette plage si près de la maison, si sûre, l'attirait.

Elle voulait profiter du paradis, juste une heure. Après, elle pourrait le partager.

Elle n'était pas tout à fait certaine que Yann lui avait pardonné, même s'il avait eu l'air sincèrement inquiet la veille.

Tout de même, elle avait accumulé les gaffes. La prochaine fois, elle ferait attention à ne pas employer certains mots qui peuvent être choquants ou blessants.

Yann aurait pu tout de même lui laisser une chance de s'expliquer. Après tout, Yasmina, elle, l'avait écoutée. Mais

Yasmina s'en fichait de nager moins bien qu'elle. Pas Yann.

Cléa dut reconnaître qu'elle avait une fois de plus manqué de diplomatie au moment où le garçon avait raconté l'histoire du gardien. Visiblement, lui et Yasmina aimaient cette légende et y croyaient même peut-être. Enfin, pas réellement bien sûr, puisque les fantômes n'existent pas.

Cléa se promit de faire un tas de compliments à Yann s'il lui en donnait l'occasion.

Nantie de ces bonnes résolutions, le cœur plus léger, elle se dirigea lentement vers la plage rouge.

L'eau devait être rafraîchie à cause de la pluie. La veille, elle lui avait semblé presque trop chaude, habituée qu'elle était aux températures de la mer du Nord ou de la Manche.

La pluie avait aussi transformé la plage de sable en plage de boue.

Le soleil déjà éclatant faisait ressortir les couleurs dures de la végétation. Arbustes et broussailles enchevêtrés, taches vertes et brunes se découpant sur la terre pourpre et le ciel azur.

Cléa s'avança vers la mer, s'enfonçant un peu plus à chaque pas. L'eau était trouble et rougeâtre, pas très engageante, mais tiède. Une température de piscine. Cléa voulut s'engager un peu dans l'eau, mais ne réussit qu'à s'enliser dans la vase. Elle poussa un gros soupir désappointé et se dirigea vers la clairière qui bordait la plage.

Peut-être qu'à l'autre bout de la baie elle pourrait enfin se baigner.

Tout en marchant, Cléa se disait que si Yasmina ne l'avait pas déjà rejointe c'est qu'elle savait qu'après une pluie pareille on ne pouvait pas nager et en profitait pour faire la grasse matinée.

Ou elle avait deviné et respectait son besoin de solitude.

La marée était déjà basse et il y avait trop de vase. Il faudrait attendre que le soleil sèche un peu tout ça.

La mer était si belle dans le lointain!

Cléa s'avança vers le rivage. Après tout, si elle commençait à nager tout de suite, elle n'aurait pas à se préoccuper de la vase.

Un aboiement la fit se retourner brusquement. Pétrifiée, elle vit un énorme chien foncer vers elle en frétillant de la queue. Elle s'immobilisa, un peu inquiète. Et si c'était un chien sauvage? Ou enragé? S'il allait la mordre?

Cléa regretta de ne pas avoir réveillé Yasmina ou même Yann.

Peut-être connaissaient-ils ce chien?

Peut-être était-ce celui du voisin dont on voyait la maison sur le côté de la baie?

Le chien flaira ses jambes nues et se frotta amicalement contre elle. Un peu rassurée, Cléa avança la main droite pour qu'il puisse la flairer. Elle voulait être vétérinaire et savait qu'elle devait apprendre à dominer sa peur pour se faire accepter des animaux. La truffe humide se promena sur sa paume ouverte, puis le chien pressa le front contre elle, recherchant une caresse. Cléa lui grattouilla les oreilles, retira doucement sa main, puis commença lentement à avancer dans l'eau. Le chien la suivit, sautillant autour d'elle, l'éclaboussant.

La fillette se mit à rire. Visiblement, le chien avait envie de jouer. Elle sortit de l'eau et chercha une branche à lui lancer.

Ils jouèrent pendant quelques instants, puis Cléa, un peu lassée et en sueur, eut de nouveau envie de nager.

– Va jouer ailleurs, le chien! cria-t-elle, en vain, car il ne se laissait pas distancer.

Un peu agacée, Cléa se dit que si elle plongeait, le chien ne la suivrait pas. Ignorant la vase qui se collait à ses

pieds, elle courut vers la mer et se mit aussitôt à nager. Le pansement de sa main se décolla. Elle le rattrapa sur la crête d'une vague et le glissa dans son maillot, se promettant de le jeter en rentrant à la maison des Kouala. L'entaille lui fit un peu mal, à cause de l'eau salée, mais elle n'y prêta aucune attention. Elle n'allait pas renoncer à son bain à cause d'une égratignure!

La fillette s'élança vers le large dans un crawl impeccable. Elle ne put nager que quelques mètres, car son ami canin la rejoignit rapidement et sauta sur elle, lui léchant vigoureusement les joues et le cou. Cléa posa instinctivement une main dans la vase pour ne pas se laisser noyer par le chien. Il y avait à peine trente centimètres d'eau et pourtant elle avait l'impression d'être loin du bord. Elle se leva. L'eau ne couvrait même pas ses genoux.

– Et zut! Tu m'embêtes!

Le chien jappa joyeusement et la suivit tout en frétillant de la queue alors qu'elle regagnait péniblement le rivage.

Cléa voulait se baigner et elle se baignerait! Elle regarda les rochers qui s'avançaient vers la mer. Là, la mer était profonde, Yann l'avait dit.

Elle se dirigea vers la clairière, précédée par le chien qui la ralentissait en se frottant contre elle pour des caresses ou en lui proposant des branches à jeter.

Cléa atteignit bientôt le surplomb rocheux qui lui offrait une mer à l'eau pure et transparente. L'endroit était paradisiaque. Elle s'accorda quelques secondes de contemplation avant de plonger.

Yasmina se réveilla brusquement, confusément consciente qu'elle était seule. Elle n'entendait pas le souffle régulier de son amie. Elle se souleva légèrement. La clarté du soleil avait envahi la chambre. Elle distingua le lit vide en face du sien. Fait. Sagement posé dessus, se trouvait le tee-shirt que Cléa avait porté pour dormir. Sur la chaise, les vêtements soigneusement pliés, mais pas le maillot de bain.

Yasmina sourit et se renfonça dans l'oreiller. Bien sûr, Cléa était partie nager. Elle avait bien raison d'en profiter. Dans une dizaine de jours, elle serait à Paris, dans le froid, alors qu'elle et Yann continueraient à venir ici presque tous les week-ends.

Yasmina soupira. Si elle n'était pas si paresseuse, elle se lèverait et irait rejoindre Cléa. Mais il faisait si bon dans son lit douillet. Elle ferma les yeux.

Cléa effectua un plongeon parfait qui eut ravi son professeur de gymnastique. Satisfaite, elle constata qu'elle n'avait pas pied. Elle pouvait vraiment nager. Elle s'éloigna de la berge rocheuse d'un crawl vigoureux. Au bout de quelques minutes, elle ressentit un douloureux picotement dans la main gauche et se rendit compte qu'elle saignait de nouveau. Maudite égratignure!

La fillette se reprocha d'avoir nagé trop vite et trop fort. Elle se retourna et se mit à plat sur le dos, regardant le large devant elle. Elle se trouvait juste à la limite de la baie, dans une crique, et elle voyait au loin se dessiner d'autres bords tout aussi rocheux, puis le large. Plus loin encore, se trouvaient les lagons de Nouméa, mais elle ne pouvait pas les voir.

Un jappement attira son attention. Le chien était toujours là, fidèle et empressé, la queue frétillante, comme l'appelant.

– Allez! Viens! Saute! cria Cléa en agitant sa main blessée.

Le chien aboya encore une fois et se coucha sur la berge, les oreilles baissées.

– Laisse-moi nager un peu. Je vais revenir par la plage et on jouera encore, promit la fillette en recommençant à crawler.

Par jeu, elle se mit au défi d'atteindre l'autre berge, tout aussi rocheuse, mais elle devinait qu'au retour vers la plage elle aurait vite pied. La marée était basse.

Elle aurait trop vite pied dans la vase, oui!

Le picotement de sa paume s'accentua et elle ralentit son crawl, constatant avec agacement l'écume rosie que sa main laissait traîner.

Peut-être qu'elle aurait dû accepter d'aller à l'hôpital et de faire recoudre sa main, après tout.

Mais non, elle savait que l'entaille était superficielle, que les blessures de la main saignent toujours beaucoup, comme celles des doigts ou de la tête. Elle se remémora en souriant une coupure au front qui avait paniqué sa maîtresse d'école quand elle était toute petite.

Ce fut peut-être un changement de ton dans les aboiements du chien qui l'alerta, interrompant sa rêverie, ou peut-être le frémissement de l'eau, ou encore la crête sombre sur une vague.

Le chien, les oreilles dressées à présent, regardait une forme qui se déplaçait vers elle. Cléa s'arrêta de nager. La forme sombre fonçait vers elle, déplaçant un peu d'écume blanche. La surprise et la peur lui firent avaler un peu d'eau.

Un requin! C'était un requin!

Si elle ne montrait pas sa peur, il ne lui ferait rien, il passerait près d'elle, puis s'éloignerait en quête de nourriture. Il ne fallait pas bouger. «Fais la morte!» se dit-elle.

Les jappements se turent. Même le chien avait compris qu'il fallait le silence, la paix.

Cléa se remit sur le dos. Si seulement elle n'avait pas nagé si loin, elle aurait pu remonter dans les rochers, mais là, elle était au beau milieu de la baie, loin de tout, même de la plage.

Ne pas paniquer surtout. Rester immobile. Comme morte. Ne pas crier. Ne pas regarder la vague blanche qui faisait de larges cercles autour d'elle, s'approchant lentement en tournoyant.

Le picotement dans sa main gauche s'intensifia, devint aiguilles de feu, et Cléa tourna lentement la tête vers la paume qui reposait sur l'eau.

– Non!

Elle n'avait pu s'empêcher de crier en voyant l'eau rougie autour de sa main. Yann. Qu'avait dit Yann en racontant la légende? Le fils du pêcheur était blessé. C'était le sang qui avait attiré le requin.

Mon Dieu! Elle saignait! La forme sombre s'approchait. Terrorisée, Cléa se mit à crawler frénétiquement vers la berge.

L'ATTAQUE

Yasmina se redressa vivement. Elle avait eu un cauchemar. Elle avait entendu Cléa hurler. C'était stupide. Il n'y avait rien à craindre, ni malfaiteur, ni... Elle se souvint de la légende qu'avait racontée Yann la veille. Il ne l'avait pas racontée tout à fait comme d'habitude. En général, rempli de fierté, il précisait que le pêcheur était un arrière-arrière-grand-père.

Elle avait dû rêver ce cri.

Et si...

C'était ridicule. Cléa ne risquait rien. Même si les requins s'approchaient un peu de la baie, ils n'y entraient pas, restaient à la limite de la passe. Que ce fût à cause du gardien qui la protégeait ou pour n'importe quelle autre raison, personne n'avait jamais vu un trappard près de la plage.

Mais ils avaient montré à Cléa d'où leur mère plongeait quand la marée était basse, et Cléa était une très bonne nageuse. Yasmina se souvint même qu'à son retour de Paris leur père leur avait dit que Cléa rêvait de rejoindre le phare Amédée à la nage.

Elle n'aurait tout de même pas... Et puis?

Il n'y avait rien à craindre. Mais l'orage avait été si fort.

La fillette se leva. Yann saurait quoi faire.

Elle pleurait. L'eau salée qui fouettait son visage se mêlait à ses larmes, mais Cléa ne s'en rendait même pas compte. Ses cheveux couleur de châtaigne flottaient autour de sa tête, comme une couronne mortuaire. Cléa sentait les vibrations de l'eau produites par le requin juste derrière elle. Elle allait mourir comme le fils du pêcheur.

Elle se retourna brutalement. Elle n'allait pas se laisser dévorer, elle lutterait. Il ne l'aurait pas facilement.

– Yann! Yann! Réveille-toi! Cléa est à la plage!

Yann souleva une paupière, résista à l'envie de la rabaisser et passa une main paresseuse dans ses cheveux courts bouclés.

– Et alors? Elle fait ce qu'elle veut, non? On y va bien, nous... enfin, quand la pluie ne l'a pas transformée en boue. C'est bien d'une Zoreille d'aller se baigner après un temps pareil.

Yasmina devina que son frère n'avait pas pardonné à Cléa son attitude de la veille. D'habitude, il n'était pas rancunier. D'habitude, il faisait l'effort d'écouter avant de juger. D'habitude, les filles l'admiraient parce qu'il racontait très bien les histoires et qu'il les impressionnait en nageant mieux qu'elles. Mais ses copines n'étaient pas de bonnes nageuses, alors il n'avait aucun mérite à les surpasser.

Visiblement, il avait voulu briller auprès de Cléa et avait échoué, alors il avait sauté sur l'occasion qu'elle lui avait donnée pour se venger.

Malgré toutes ses inquiétudes, la fillette retint un sourire. Les beaux yeux bleus de cette punaise de Lucie allaient vite être oubliés.

– Tiens! ça ne te gêne pas de la traiter de Zoreille! ironisa Yasmina. Son frère renfonça la tête dans son oreiller.

– De quoi je me mêle? Et puis, c'est pas pareil, grommela-t-il.

– Elle doit être dans l'eau. C'est dangereux, insista Yasmina, comme sa peur revenait.

Yann poussa un grognement.

– Elle peut! Tu as vu hier qu'elle nageait fin bien! Et on n'a pas eu de requin depuis longtemps par ici.

Sa sœur le secoua vivement. Elle sentait confusément qu'il n'y avait pas de temps à perdre.

– On doit y aller! Je t'en prie! Faut qu'on y aille! supplia Yasmina.

– Écoute, si ça l'amuse de barboter dans la boue, je ne vois pas pourquoi on l'en empêcherait.

– Je t'en prie... je t'en prie!

– Mais quoi? Qu'est-ce qu'il y a?

– Je ne sais pas, Yann! J'ai... je crois que j'ai entendu un cri. Et si c'était Cléa? Si... elle était en danger? Une crampe, ça arrive même aux meilleurs, non?

Inquiété par le regard terrorisé de sa sœur, même s'il était persuadé qu'elle avait fait un cauchemar, Yann se leva rapidement et enfila un maillot de bain.

Toutefois, il estima inutile de réveiller ses parents et les Legendre pour un mauvais rêve.

Cléa fit face au monstre qui l'avait rejointe. Il n'était pas aussi énorme que sa terreur le lui avait fait imaginer et elle reprit espoir, mais lorsqu'il ouvrit une gueule garnie de dents acérées, la panique revint.

La fillette hurla lorsque le requin plongea vers sa main blessée.

Elle parvint à lui échapper de justesse, mais sentit avec horreur son contact râpeux et froid.

Elle cria, la voix presque étouffée de sanglots de terreur. Elle se mit à battre l'eau de ses pieds et de ses mains, nageant sur le dos avec l'énergie de sa peur, espérant aveugler son ennemi avec l'écume, n'osant le quitter des yeux.

Le squale reprit son élan, prêt pour une nouvelle attaque.

Non, je t'en supplie, non, laisse-moi, sanglota Cléa.

Le requin fonça sur elle. Pas sur sa main rougie. Sur elle.

Vaincue, Cléa s'abandonna et ferma les yeux, se demanda fugitivement si elle aurait très mal et si elle mourrait vite. Un aboiement et l'eau qui l'éclaboussait brutalement lui firent ouvrir les yeux. Le chien. Le chien avait plongé et attaquait le requin.

Devant les yeux horrifiés de Cléa, tout ne fut que bouillonnement d'écume rouge et jappements féroces. Le combat sembla durer des heures.

Comme hypnotisée par le sanglant spectacle, la fillette n'osait s'éloigner, fascinée. Elle était clouée sur place par la peur qui la paralysait, mais aussi par un instinctif sentiment de solidarité vis-à-vis du chien qui tentait de la sauver. Elle ne pouvait simplement pas le laisser, pas plus qu'il ne l'avait abandonnée.

Elle savait, sans comprendre pourquoi, que jamais elle n'aurait pu s'enfuir, survivre seule au combat avec le requin. Elle savait aussi que le temps passait vite, trop vite. Que l'assaut qui lui semblait interminable était en réalité rapide et impitoyable.

Enfin, le tourbillon se calma. Respirant à peine, Cléa plissa les yeux pour voir ce qui se passait.

Le soleil déjà haut l'aveuglait, illuminant la mer de reflets irisés.

Elle eut un hoquet de désespoir en distinguant le chien qui flottait à quelques mètres d'elle, la gorge ouverte et couvert de plaies.

Cléa se mordit les lèvres. Elle était fichue. Et elle avait trahi le chien en ne s'enfuyant pas. Le pauvre avait essayé de la sauver et elle, comme une gourde, au lieu de nager, elle était restée là à attendre.

Comment avait-elle pu imaginer qu'un simple chien, même si gros, aurait pu vaincre un requin?

– Je ne pouvais pas partir... je ne pouvais pas... sanglota-t-elle.

Une vague moussa près d'elle, rabattant une mèche de ses cheveux sur ses yeux. Elle l'écarta rageusement. La peur avait disparu, balayée par la mort du chien.

Elle allait mourir.

– Pardon, murmura-t-elle, tendant sa main blessée vers le chien, comme pour une ultime caresse.

La vague mousseuse la cogna et Cléa hurla comme une folle, parce qu'elle n'avait que onze ans et qu'elle ne voulait pas mourir.

Son cri s'étrangla dans sa gorge quand elle sentit la peau glacée du requin contre elle. Elle vit aussitôt les blessures profondes, le sang qui l'entourait et rougissait son maillot de bain, ses bras, ses cheveux.

Le squale flottait lentement, dérivant vers le large, le ventre à l'air. Mort. Le chien avait gagné!

Presque aveuglée par les larmes, Cléa nagea vers son sauveur, l'attira vers elle, caressa sa tête ballottante, ses oreilles, enfonça ses mains dans la fourrure souillée.

– Pardon, pardon, j'aurais dû comprendre que tu ne voulais pas que je nage, que tu savais qu'il était là... Pardon...

Cléa prit tendrement le cadavre contre elle, évitant de toucher à la gorge béante, et commença lentement à nager vers la plage. Elle devait ramener son ami, trouver ses maîtres. Expliquer. Mais elle se sentait si fatiguée, et il était si lourd.

– On y va, souffla-t-elle.

Alors elle avança, lentement, très lentement, si lentement.

– Là-bas! cria Yasmina, pointant le doigt vers la masse sombre des cheveux de Cléa.

– Oh non! Elle est en train de se noyer! balbutia Yann.

Et il s'élança vers la toison presque immobile. Il espérait arriver à temps, sauver à tout prix cette petite fille, se rendant compte qu'il commençait à l'aimer. Que c'était pour cela qu'il avait été blessé et humilié quand elle l'avait traité de «Black macho».

En même temps, il était en colère contre elle. «L'idiote!» Quelle idée d'aller se baigner seule! Elle avait dû avoir la crampe redoutée par Yasmina.

– Dépêche-toi! Je ne la vois presque plus! exhorta Yasmina d'une voix suraiguë.

Yann rejoignit Cléa alors qu'elle commençait à sombrer. Il l'empoigna par les aisselles, ramena son corps mou à l'air. Les cheveux de la fillette se déployèrent sur son cou comme un foulard et sa tête ballotta contre la sienne.

– Tiens le coup, Cléa, je t'en prie, murmura le garçon.

Il sentit un léger mouvement. Cléa était vivante et cela seul comptait. Il allait la ramener sur la plage et tout irait bien.

Tout? À présent qu'il était rassuré sur la vie de son amie, il put enfin se rendre compte de ce qui l'entourait. Il remarqua l'eau rougie, aperçut le requin qui dérivait, derrière l'avancée rocheuse, la peau déchirée.

Effrayé, il se hâta de ramener Cléa vers le rivage, espérant qu'un autre squale ne surgirait pas du large, attiré par le sang de son congénère.

Cléa, épuisée, ne se débattait pas. À peine consciente qu'on la soutenait, elle laissait flotter ses mains, insensible au sang qui la maculait, à celui qui coulait de sa main gauche.

LE FANTÔME

– Je crois qu'il faut appeler papa, suggéra craintivement Yasmina alors qu'elle aidait son frère à allonger Cléa sur la partie de la plage déjà séchée par le soleil.

Les traces de pas de la promenade matinale de la fillette y étaient encore gravées. Yann les regarda, devinant le trajet de Cléa tout en la mettant sur le côté.

– Elle a essayé de nager là, mais elle a dû s'enfoncer dans la vase, alors elle est allée au bout de la crique et là... Comment elle a fait pour tuer ce requin? Comment? Ce n'est pas possible! Elle n'a pas d'armes... Lôngin, Yasmina! Toi aussi, tu le vois là-bas. Regarde! Je n'ai pas rêvé!

Sa sœur scruta le large, vit le requin qui flottait au loin dans une eau rougie et brillante, devina les entailles sur la peau grise. Le regard de la fillette se reporta sur son amie, que Yann avait installée en chien de fusil. La main de Yasmina se posa sur le bras humide de son frère, agenouillé comme elle près de Cléa, comme pour la protéger encore du squale.

– On verra plus tard les explications. Faut qu'on appelle les parents, insista la fillette.

Elle avait peur du visage livide de Cléa, de ses yeux fermés, du sang qui s'écoulait de sa blessure rouverte.

– Oui, va vite, je reste près d'elle... Elle... respire. Elle ne s'est pas noyée.

Cléa toussa et cracha un peu d'eau alors que Yasmina allait se lever pour courir vers la maison.

– Le chien! Où est le chien! bredouilla-t-elle en se redressant.

Yann la força à se rallonger.

– Calme. Tu as failli te faire dévorer par un requin, te noyer, et tu saignes encore. Ça suffit, non? Il n'y a pas de chien pour t'attaquer, je te jure.

– Non, pas m'attaquer. Il m'a sauvée! Il a tué le requin! Je le ramenais... Tu l'as laissé! accusa Cléa en écartant les mains de Yann.

– Mais il n'y avait pas de chien, Cléa. Je l'aurais vu! J'ai bien vu le requin, se défendit le garçon. Il n'y a aucun chien, tu as rêvé. Ce doit être le choc. Tu as quand même...

Cléa montra les traces de pas qu'elle avait laissées et poussa un hoquet de surprise en se rendant compte que celles du chien n'y étaient pas.

– Quoi, le choc? Je le sais! Il était avec moi, le chien! On jouait là! Je lui ai envoyé une branche qu'il me rapportait. Là! Celle-là!

Yann secoua doucement la tête.

– Ce n'est qu'une branche cassée.

– C'est moi qui l'ai cassée! Moi! On jouait! Il était là! Va le chercher, je t'en prie! Il m'a sauvée.

Yasmina serra Cléa contre elle de toutes ses forces.

– Il n'y a pas de chien, Cléa. Je te jure, je te jure...

Cléa se débattit faiblement, puis s'abandonna en pleurant contre son amie.

– Je n'ai pas rêvé, je le sais, j'ai joué avec lui... Et le requin là-bas, vous le voyez, le requin?

La fillette regarda ses amis d'un air désespéré. Et s'ils ne distinguaient même pas le requin? Si elle avait fait un cauchemar, se laissant entraîner par son imagination, inventant tout, influencée par la légende racontée par Yann? Non! Elle savait que le squale existait. Yann venait de lui dire qu'il l'avait vu.

– Le requin est là, confirma Yasmina.

– Vous voyez... j'ai pas inventé, balbutia Cléa. Alors... le chien...

Yann scruta de nouveau l'horizon, mais n'aperçut que le requin mort, l'eau qui dissolvait son sang. Il se tourna lentement vers sa sœur et Cléa, blotties l'une contre l'autre. Il croisa le regard apeuré de Yasmina.

– Je la racontais, cette légende, mais... je n'y croyais pas vraiment, pas même moi... Une histoire pour faire peur aux filles les soirs d'orage... Une histoire pour faire peur aux Zoreilles comme toi, et maintenant... Tu n'as pas tué ce requin seule... Tu n'as pas pu... C'est impossible... Raconte.

Cléa leur dit tout. Comment le chien n'avait pas voulu qu'elle se baigne, comment il l'avait suivie, comment enfin il l'avait sauvée.

Yasmina pressa sa tête contre celle de Cléa.

– Quel courage tu as eu! Moi, je serais morte de peur! Ou je me serais sauvée en nageant le plus vite possible.

Cléa sourit faiblement.

– J'ai... Je n'ai pas pensé, c'est tout... Je n'arrivais pas à m'enfuir... Tu aurais agi comme moi... Et... Vous... veniez vous baigner aussi?

Yasmina poussa un léger soupir.

– Je... crois que je t'ai entendue crier... Je ne sais pas si c'est vrai ou si j'ai rêvé, mais... j'ai eu peur pour toi et j'ai réveillé Yann... Et on est venu.

Cléa déglutit péniblement.

– La maison n'est pas très loin et... Oui, j'ai crié... Je ne pensais pas qu'on m'entendrait... Grâce à vous deux... Tu m'as sauvée, Yann, je n'en pouvais plus... j'aurais pu me noyer... Merci... et... je regrette pour hier, je ne pensais pas...

Yann eut un sourire timide.

– Oh! laisse tomber, j'ai pas été très bon non plus. J'aurais pu t'écouter... Et... je te traite bien de Zoreille, moi, alors... Euh... on a eu vraiment de la chance de te retrouver avant que... On aime bien que... nos invités profitent de la maison tout le week-end... Ça va?

Cléa hocha la tête.

– Oui... je crois... Tu... Vous êtes sûrs qu'il n'est pas là alors?

Elle ne parvenait pas à croire que le chien n'existait pas.

Yann soupira.

– On le verrait, Cléa...

– Il est mort pour moi...

– Ben… si c'est vraiment le chien fantôme, il n'est pas mort, il est retourné… Je… ne sais pas où, mais il n'est pas mort… Enfin, il l'est déjà… Vous comprenez? bredouilla Yasmina.

– Je comprends, fit Cléa en reniflant. Tu crois qu'il est bien alors? Quelque part? Pas blessé? Pourquoi alors… il… Tout ce sang…

Elle montra sa peau et son maillot rougis, ferma son poing pour cacher sa blessure.

Yann poussa un gros soupir.

– Peut-être parce qu'il fallait que toi tu prouves que tu ne l'abandonnais pas… Peut-être qu'il lui fallait ça pour… continuer à être quelque part et à… pouvoir revenir si on a encore besoin de lui.

– Tu crois?

– Peut-être que si tu n'avais pas essayé de le ramener… les esprits t'auraient laissée te noyer… Je ne serais pas arrivé à temps, murmura Yann, baissant les yeux.

– Je crois ça, moi aussi… Il paraît que le fils du pêcheur, c'était… le fils d'un de nos grands-pères. Papa nous le rappelle toujours, souffla Yasmina.

Le frère et la sœur échangèrent un regard effrayé. Pour la première fois, ils venaient de s'avouer qu'ils croyaient à cette légende de leur enfance. Cléa frissonna.

– Peut-être que c'est ça... J'espère... qu'il continuera à faire du bon boulot... Merci, le chien! Merci! Continue, d'accord! cria-t-elle de sa toute petite voix affaiblie.

Yann lui caressa tendrement la joue, puis se leva.

– Bon... Faut qu'on remette un pansement parce que tu vas finir par salir la plage à saigner comme ça, et... surtout, va falloir expliquer aux parents sans les paniquer.

Yasmina eut un petit rire.

– J'espère que tes parents aiment véritablement les légendes.

La fillette essuya ses larmes.

– Euh... on va le savoir.

– Ils sont partis se baigner! Moi qui croyais que Cléa dormirait jusqu'à midi! s'exclama Pierre Legendre lorsque les adultes enfin réveillés eurent constaté la disparition des enfants et de leurs maillots de bain.

Nicole exhiba le bandage que Cléa avait laissé déborder de la poubelle de la salle de bains.

– J'espère qu'elle a quand même mis quelque chose pour se protéger... L'idée de se baigner la rend folle... Sa prof de gymnastique nous tanne pour l'inscrire dans une équipe pour des compétitions...

Elle sourit à ses amis.

– En fait, ça ne m'étonne pas du tout qu'elle soit partie se baigner... Euh... c'est sûr que ce n'est pas dangereux?

Mariam la rassura d'un clin d'œil et éteignit le gaz. Le café attendrait.

– L'attrait des plages rouges du Sud! Les gosses se baignent toujours avant le petit-déjeuner et il n'est jamais rien arrivé. On pourrait les rejoindre, non?

– Et comment! s'enthousiasma Pierre.

De son monde fait de douceur et de lumière, le chien regarda les enfants s'éloigner de la plage vers la maison. Ils ne savaient pas que leurs parents venaient à leur rencontre et le chien se dit que cela leur ferait du bien. Il les devinait troublés et encore un peu effrayés. Son poil était sec et lustré, sa gorge et le reste de son corps exempts de blessures.

De son monde, il avait écouté et compris leur conversation. Les enfants avaient tout à fait raison.

Si la fillette l'avait abandonné, les esprits ne l'auraient pas sauvée. Ils lui avaient permis de revenir sous la forme d'un chien parce qu'ils savaient que son père et lui ne les avaient pas défiés, mais avaient simplement voulu ramener du poisson pour leur famille. Ils n'avaient pas voulu punir trop durement le pêcheur présomptueux qu'était son père.

Ils lui avaient accordé la grâce de se montrer à lui sous sa forme de chien et de lui expliquer qu'il veillerait sur la baie.

Et depuis des années et des années, il avait toujours su empêcher les imprudents de se baigner. Il avait toujours aboyé pour effrayer et éloigner les requins qui s'aventuraient près de la plage rouge. Bien sûr, seuls les squales percevaient ses aboiements, les humains n'entendaient que le bruit des vagues.

Jusqu'à ce que cette petite fille décidât de plonger et d'ignorer ses avertissements, mais elle avait fait ce qu'il fallait pour qu'il continue à être le gardien de la baie.

Elle était restée, comme son père à lui était resté.

Volet informatif

Rédaction:
Isabelle Lefebvre

Illustrations:
Manon Douesnard

LE FIN MOT DE L'HISTOIRE

Cléa se retrouve en vacances sur une île lointaine fabuleuse où elle fait la rencontre de Yann et Yasmina, tous deux originaires de l'endroit. Elle y découvre non seulement une légende fantastique, mais aussi des plages et une mer qu'elle n'est pas près d'oublier. Pour en savoir davantage sur l'endroit, son histoire, ses richesses, nous vous invitons à lire ce qui suit.

À propos de l'auteur

Irina Drozd est née à Marseille le 11 avril 1954. Elle travaille actuellement comme cadre infirmier aux urgences dans un hôpital parisien. Elle est l'auteur de plusieurs romans pour enfants dont *L'enfant qui se taisait* (éditions Bayard) qui s'est mérité plusieurs prix. Irina Drozd a publié aux Éditions du Trécarré *La folle journée* et *L'héritier*.

DE LIEU EN LIEU

LA NOUVELLE-CALÉDONIE

Un pays en images

La Nouvelle-Calédonie est située dans l'océan Pacifique, à 1 400 km à l'est de l'Australie. La région est constituée de la Grande Terre, longue de 400 km et large de 50 km, ainsi

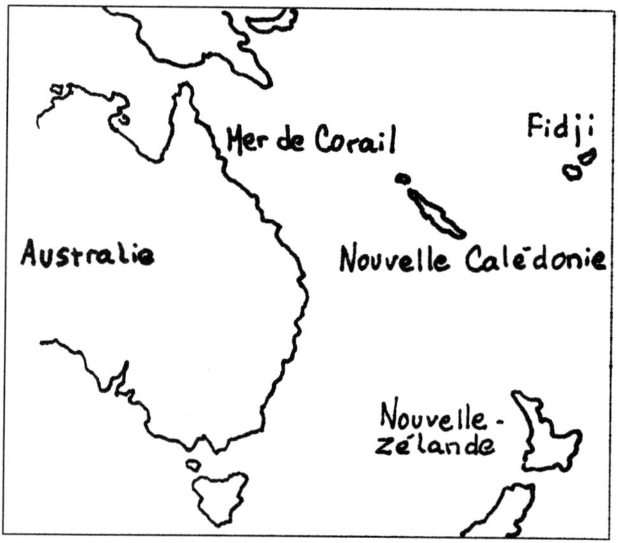

que des îles Loyauté, dont les principales sont Lifou, Maré et Ouvéa. En tout, le territoire compte 19 103 km^2, ce qui est près de 100 fois moins que le Québec. L'endroit se divise en trois provinces: celles du sud, du nord et des îles. Une vaste zone de montagnes, «la Chaîne centrale», divise l'île du nord au sud. À l'ouest, on retrouve principalement des plaines et de jolies petites collines alors qu'à l'est, où les pluies sont particulièrement abondantes, la végétation est luxuriante et les montagnes majestueuses. On dit des îles situées à l'est de la Grande Terre qu'elles ressemblent toutes à l'idée qu'on se fait du paradis. En effet, dans ces îles, l'espace encore sauvage abrite des plages de sable blanc ainsi que de merveilleux lagons turquoises.

La capitale de la Nouvelle-Calédonie est Nouméa. Sur une population totale de 200 000 habitants, près de la moitié vivent dans la capitale. Les habitants du territoire sont majoritairement des Kanaks ou Canaques (42,5 %) et des Européens (37,1 %). On retrouve aussi une minorité d'autres Océaniens et Asiatiques. En Nouvelle-Calédonie, on cultive entre autres la banane, la patate, le cocotier et le caféier. Même si certaines de ces denrées sont exportées, l'économie du pays repose presque exclusivement sur une seule ressource: le nickel. Celui-ci représente en effet les quatre cinquièmes des exportations totales.

Un peu d'histoire

Le secteur est découvert en 1774 par Cook, grand explorateur britannique. À ce moment-là, l'endroit est peuplé uniquement par les Kanaks. C'est en 1843 que les premiers missionnaires français s'y installent et la région est nommée officiellement territoire français en 1853. Depuis 1985, des incidents opposent les indépendantistes kanaks et socialistes aux anti-indépendantistes. Si les Kanaks vivent principalement sur la côte est et dans les îles Loyauté, les Européens et les autres, eux, vivent sur la côte ouest et dans la capitale Nouméa.

Un monde d'activités

Pour les touristes et les habitants, on retrouve un nombre impressionnant d'activités. De l'escalade à l'équitation, en passant par le parachutisme, le golf et le jet ski, toute personne peut trouver une façon intéressante d'agrémenter son séjour. Bien entendu, étant donné la situation géographique, les activités marines sont légion: plongée, apnée, voile et bateau à fond de verre. Celui-ci est particulièrement apprécié puisqu'il ne nécessite aucune expérience et donne l'impression à ses passagers de voyager à l'intérieur d'un aquarium. Une expérience unique.

Les réserves marines

Si les excursions marines sont si populaires dans cette région, c'est que dans les réserves marines on s'assure de prendre les mesures nécessaires pour régénérer la faune et la flore. Grâce à leurs actions concrètes, comme par exemple la protection et le développement des reproducteurs, il nous est possible d'observer toute la richesse et la diversité des espèces du secteur.

NOUMÉA

À l'extrémité sud-ouest du pays se trouve Nouméa, la capitale. Le premier nom de cette ville fondée en 1854 fut Port-de-France. Il s'agit de la plus grande ville francophone de l'océan Pacifique. C'est ici que vit près de la moitié de la population de la Nouvelle-Calédonie.

LES REQUINS

Quelques particularités

Les eaux calédoniennes sont riches en plancton. C'est pour cette raison qu'on y retrouve des requins ainsi qu'une multitude d'autres espèces de poissons. Les requins sont des poissons sélaciens, c'est-à-dire que leur squelette n'est pas fait d'os, mais bien de cartilage, un tissu élastique et résistant. On retrouve 362 espèces de requins classées en 30 familles. La majorité des requins sont vivipares, ce qui veut dire que les œufs sont fécondés et que la femelle accouche de ses petits vivants. Certaines espèces sont, quant à elles, ovipares. Dans ce cas, la femelle pond ses œufs et ceux-ci sont abandonnés dans les fonds marins. Un élément bien intéressant chez le requin est sa dentition. En effet, il possède plusieurs rangées de dents, ce qui permet du coup à une dent qui tombe d'être remplacée par la dent équivalente de la rangée suivante.

Le requin le plus connu au monde

On a tous vu ou entendu parler du fameux film de Spielberg: *Jaws* (*Les dents de la mer*). Le requin blanc, immortalisé dans ce film, est le prédateur marin qui inspire le plus de crainte. En effet, il mesure normalement près de six mètres et pèse environ deux tonnes. Il est capable d'avaler un phoque en entier. Une minorité de requins sont dangereux pour l'homme. Parmi les plus féroces, on retrouve, en plus du requin blanc, le requin bleu, le requin tigre et le requin taupe. Chaque année, on recense dans le monde entre 50 et 75 attaques de requins; 5 à 10 sont mortelles. Dans de tels cas, le requin confond l'homme avec sa proie habituelle. Lorsque l'eau est agitée ou trouble, le risque augmente.

La chasse aux requins

La plus grande espèce est le requin pèlerin. Celui-ci mesure 15 m de long et pèse 8 tonnes. Il se nourrit de plancton et est donc inoffensif pour les humains. Pourtant, nous l'avons chassé pendant longtemps, principalement pour son huile qui nous servait dans la fabrication de cosmétiques comme le rouge à lèvres. Même si les requins sont protégés dans plusieurs régions du monde, de nombreux pêcheurs sportifs et commerciaux les chassent encore pour leur chair, leur peau, leurs ailerons et leurs mâchoires.

DES MOTS EN ÉCHO

Boulotté (p. 29)
Mot populaire pour mangé.

Creek (p. 5)
Terme utilisé en Nouvelle-Calédonie pour ruisseau.

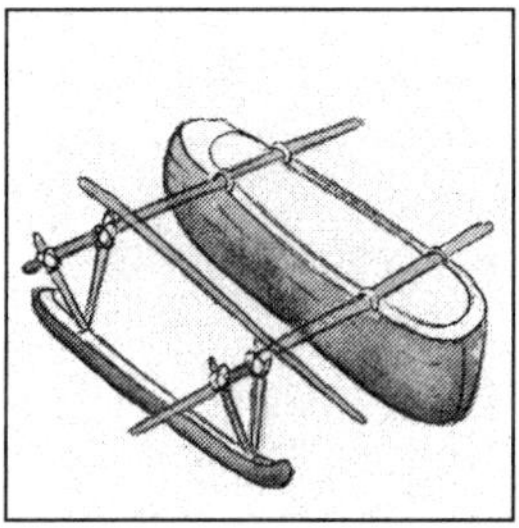

Esquif (p. 5)
Petit bateau.

Flamboyants (p. 20)
Arbres des régions chaudes ayant de belles fleurs rouges.

Ignames (p. 6)
Plantes comestibles.

Lie-de-vin (p. 24)
Couleur rouge tirant sur le violet.

Magnanime (p. 9)
Qui démontre sa générosité par la clémence.

Matera (p. 17)
Du verbe *mater*. Réprimer, réduire à l'obéissance, empêcher de nuire.

Niaoulis (p. 20)
Arbres de Nouvelle-Calédonie dont l'essence est utilisée dans la conception de parfum et en pharmacie.

Sagaie (p. 8)
Lance. Les Calédoniens prononcent «sagaille».

Senne (p. 7)
Filet qu'on laisse traîner dans les fonds sablonneux. Il est utilisé aussi bien en eaux salées qu'en eaux douces.

Taciturne (p. 33)
Qui parle peu. Silencieux.

Toussaint (p. 13)
Fête de tous les saints, célébré le 1er novembre.

Vannes (p. 35)
Plaisanteries.

DES EXPRESSIONS QUI EN DISENT LONG

Au grand dam de (p. 28)
À son grand regret.

Les patates de corail (p. 7)
Les blocs de corail.

Ne te prends pas la tête avec ça (p. 36)
Ne t'en fais pas.